CANTIQUES RHYTHMÉS

Imprimatur.

Aquis Sextiis, 1ᵃ martii 1879.

MARBOT,

vic. gén.

CANTIQUES

RHYTHMÉS

par l'abbé FRAY

Curé de Vaux

AIX

A. MAKAIRE, IMPRIMEUR DE L'ARCHEVÊCHÉ

2, rue Thiers, 2

—

1879

CANTIQUES RHYTHMÉS

Le Pécheur aux pieds de Marie.

1

Je viens à vous, ô saint Cœur de ma Mère,
Triste, accablé sous le poids de mes maux ;
Je viens à vous, pour chercher la lumière,
L'amour de Dieu, le pardon, le repos.

REFRAIN.

O Cœur sacré, Cœur sacré de Marie.
Pauvre pécheur, je vous prie à genoux :
Rendez la paix à mon âme flétrie,
Et du Seigneur, fléchissez le courroux.

2

J'ai, trop longtemps, égaré sur la terre,
Subi le joug du péché, du démon ;
Mais, au milieu de ma grande misère,
Je n'ai jamais oublié votre nom.

3

Hélas ! ma Mère, en ce dur esclavage,
Je n'ai trouvé que douleur et que fiel :
Que votre main me délivre et soulage ;
N'avez-vous pas tout pouvoir dans le ciel ?

4

Je me souviens des beaux jours de l'enfance,
Où j'étais pur et fidèle à Jésus ;
J'avais la paix, la candeur, l'innocence ;
J'étais heureux !... Tous ces biens sont perdus !

5

Dans ses erreurs, J'ai suivi le prodigue ;
Je veux le suivre aussi, dans son retour,
Et, comme lui, bravant toute fatigue,
Revoir mon Père, implorer son amour !

6

Je suis coupable, ô ma Mère, et je n'ose
Lever les yeux vers le ciel et vers vous.
Pourtant j'espère... Et mon cœur se repose,
Quand je redis votre nom chaste et doux.

7

Qu'il est amer, qu'il est digne de larmes,
Le sort d'une âme, à qui manque son Dieu !
Mais être pur !.. Quel honneur ! et quels charmes !
C'est comme au ciel à tout heure, en tout lieu !

8

Ah ! c'est à vous qu'en pleurant je confie
Mon avenir, d'un cœur plein d'abandon ;
Et, je le sens, Mère aimable et bénie !
C'est à vos pieds que j'aurai mon pardon !

Le Pécheur après l'absolution.

1

Cieux, entonnez le chant de l'allégresse !
O séraphins, prenez vos harpes d'or !
J'ai retrouvé mon Père et sa tendresse,
Et de sa grâce il m'ouvre le trésor.

REFRAIN.

Mon âme glorifie
Jésus, mon bon Sauveur ;
Il m'a rendu la vie,
La douce paix du cœur.

2

Je m'égarais dans les sentiers du vice,
Et je courais après un faux bonheur ;
J'ai rencontré partout l'amer supplice,
Que le remords inflige à tout pécheur.

3

Pauvre insensé, j'avais dans ma demeure,
Abandonné devoir, honneur, vertu :
Et, près de lui, mon Dieu, dans sa clémence,
A ramené l'enfant longtemps perdu.

4

Soyez bénie, ô vous, bonté suprême,
Qui me rendez la paix, le vrai bonheur !
Ah ! désormais, il faut que je vous aime,
Que je vous sois soumis de tout mon cœur.

5

Soyez bénie, ô ma céleste Reine !
Puis-je oublier qu'aux heures du danger,
Vous êtes là, pour soulager ma peine,
Pour m'éclairer et pour me protéger ?

6

Puis-je oublier que votre main propice
M'a délivré des chaînes du démon ?
Puis-je oublier, auguste protectrice,
Que je vous dois la grâce du pardon.

7

Soyez béni, mon ange tutélaire,
Qui ne m'avez jamais abandonné,
Ami fidèle aux jours de ma misère,
Comme à cette heure, où Dieu m'a pardonné.

8

Soyez bénis, Patrons que je vénère,
Vous dont l'appui me fut si précieux ;

Quand je laissais moi-même la prière,
Vous invoquiez pour moi le Roi des cieux.

9

Je suis absous ; j'e crois, j'aime et j'adore ;
Régénéré, je veux rester chrétien ;
Mais je fus faible, et je le suis encore ;
Soyez, Jésus, ma force et mon soutien.

10

Protégez-moi, Marie, ô bonne Mère !
Protégez-moi, saints habitants du ciel,
Jusqu'au moment où je fuirai la terre,
Pour m'envoler au sein de l'Eternel !

Amende honorable pour les temps de Mission, de Jubilé ou de Carême.

1

Un peuple entier se jette à vos genoux :
Pitié, Seigneur, pitié, miséricorde !
Pour les pécheurs que la grâce déborde !
Pitié, pitié ! Pardonnez ! Sauvez-nous !

2

Oui, nous savons. ô Dieu terrible et doux,
Que nos péchés provoquent vos vengeances ;
Mais votre Fils a lavé nos offenses :
Pitié, pitié ! pardonnez ! sauvez-nous !

3

Il s'est fait chair pour le salut de tous ;
Pour tous il a souffert sur le Calvaire ;
Le sang d'un fils doit désarmer un père ;
Pitié, pitié ! pardonnez ! sauvez-nous !

4

En expirant, il a crié vers vous ;
Pour les pécheurs, il a demandé grâce ;
Lui l'innocent, il a pris notre place :
Pitié, pitié ! pardonnez ! sauvez-nous !

5

A vos enfants, Marie, unissez-vous !
Et pour calmer, éteindre sa colère,
Offrez à Dieu votre Fils, bonne Mère !
Pitié, pitié ! pardonnez ! sauvez-nous !

Chant pendant la Mission, le Jubilé, le Carême.

CHOEUR.

Nos cœurs sont à vous, Roi des cieux !
Les plaisirs, les biens de la terre,
Ne sont que poussière à nos yeux :
Gloire à vous seul, ô Dieu du Calvaire !

1

En ces jours de bonheur, votre foi nous éclaire,
Divin Sauveur, et votre charité
En notre âme répand sa céleste clarté,
Le saint amour, la grâce salutaire.

2

O Seigneur, nous avons entendu la parole,
Qui fit jaillir le monde du néant ;
A l'appel de son Dieu, s'est levé repentant
Ce peuple ému que le pardon console.

3

Qui dira tout le prix, ô Dieu, de votre grâce,
Son action sur l'âme et sur le cœur ?
Qui dira tous les biens qu'elle assure au pécheur.
Par sa vertu merveilleuse, efficace ?

4

O Jésus, Dieu clément, notre âme s'abandonne
Aux saints transports qu'inspire votre amour ;
Nous voulons vous servir, être à vous, sans retour ;
Doux Rédempteur, dont le cœur nous pardonne.

5

Eh ! qu'importent le monde et tous ses artifices
A vos enfants, qu'il a longtemps séduits ?
A vous seul désormais et nos jours et nos nuits :
Vous seul !... Puis rien qu'amour et sacrifices !

6

Sur l'autel, ô Jésus ! par un touchant miracle,
Vous habitez sans cesse parmi nous !
Pour rester bons chrétiens, nous viendrons, près de vous,
Chercher la force, ô Dieu du tabernacle !

7

Nous viendrons à vos pieds, vierge sainte, ô Marie !
Pour implorer vos augustes faveurs ;
Votre cœur servira de refuge à nos cœurs ;
Vous guiderez nos pas vers la patrie.

(Pour le soir de la) **Clôture d'une Mission.**

REFRAIN.

O douce ivresse !
Sainte allégresse !
J'ai pour sagesse,
La paix du cœur !

Dieu m'a fait grâce !
Non, plus de trace
De ma disgrâce !
Gloire au Seigneur !

1

Ah ! coulez, coulez mes larmes,
A la fin de ce beau jour,
Où j'ai pu goûter les charmes,
Les douceurs du pur amour !
Mon Jésus vit dans mon âme ;
Avec lui, j'ai le bonheur :
Et je sens en moi la flamme
Du divin consolateur.

2

Loin de moi la dure chaîne,
Dont l'enfer m'avait lié !
Loin de moi l'affreuse peine,
Dont mon cœur était broyé !
Le Seigneur qui me délivre,
Restera mon sûr appui !
Maintenant je vais revivre,
Vivre heureux, vivant pour lui.

3

Gloire à vous, bonté suprême,
Qui jamais n'abandonnez !
Oui, je crois, j'espère et j'aime,
Dieu clément, qui pardonnez !
Si, pourtant, de votre grâce
Je perdais le saint trésor,
Près de vous, que rien ne lasse,
Je viendrais pleurer encor.

4

Mais en vous, Jésus, j'espère ;
Votre amour me soutiendra !
Bonne Vierge' ô tendre Mère !
Votre cœur m'abritera !
Rien ne peut troubler ma vie ;
Je serai chrétien, pieux,
Jusqu'au jour, Jésus ! Marie !
Où j'irai vous voir aux cieux !

Avant la Communion.

1

Je sens mon être inondé de bonheur,
Lorsque je pense,
Que mon Jésus veut descendre en mon cœur :
O joie immense !
Il vient du ciel, tout chargé de bienfaits ;
C'est mon Dieu, c'est mon père ;
Je puis goûter, dans ma misère,
De son amour les doux effets.

2

La foi m'éclaire, et je vois, sur l'autel,
L'Eucharistie,
Le saint des saints, le monarque éternel,
Jésus hostie,
Voilant l'éclat de sa divinité,
Se faisant nourriture,
Pour soulager sa créature.
Dont il guérit l'infirmité !

3

Don du Très-Haut, ineffable trésor,
Que je réclame ;
Mon cœur tressaille, et prenant son essor,
Pour toi s'enflamme.
Verbe fait chair, ô mon maître, ô mon roi,
C'est en toi que j'espère ;
De toi. ma force et ma lumière,
J'ai faim et soif ; viens vivre en moi !

4

Si, devant toi. bien souvent j'ai péché,
Je m'humilie :
De mes regrets. ô mon Dieu, sois touché ;
Pardonne, oublie !
Puis, n'est-tu pas et victime et sauveur,
Dans le saint tabernacle ?
Ta grâce fait tomber l'obstacle,
Qui seul s'oppose à mon bonheur.

5

Manne du ciel, pain vivant du chrétien,
O sainte hostie,
Mon rédempteur, mon amour, mon seul bien,
Mon tout, ma vie !
Ne tarde plus, je t'attends, ô mon Dieu !
Je crois, j'aime et j'adore !
Je le désire et je t'implore :
Te posséder est mon seul vœu !

5

Oui, viens en moi, pour soumettre mon cœur
A ton empire,
Me préparer à la paix, au bonheur,
Auquel j'aspire,
Me rendre pur. me remplir de vertus,
Me combler de ta grâce !
Oui, viens en moi, source efficace
De tous les biens, ô mon Jésus !

Après la Communion.

4

Jésus, ô Fils de Dieu, venu du ciel en terre,
Pour être par la croix mon doux libérateur,
L'amour te voile ici des ombres du mystère ;
C'est toi que sur l'autel, on contemple et vénère,
C'est toi qu'en ce beau jour, j'adore dans mon cœur.

CHŒUR.

Jésus, mon Dieu, mon père,
Mon trésor, mon secours,
Mon seul bonheur sur terre,
C'est d'être à toi toujours !

2

Jésus, ô Fils de Dieu, jadis sur le Calvaire,
Ton sang fut répandu pour l'âme du pécheur :
Ce sang, il est la source où je me désaltère ;
C'est la sainte piscine où je me régénère,
En m'unissant à toi !... merci, merci, Seigneur !

3

Jésus, ô Fils de Dieu, dont la douceur oublie
Et mon indifférence et mon indignité ;
En moi je te possède, et, dans l'Eucharistie,
Je tire de ton cœur tous les trésors de vie :
Ah ! fais que je les garde avec fidélité !

4

Jésus, ô Fils de Dieu, mon adorable Maître,
Que puis-je refuser à ton amour pour moi?
A toi seul tout mon cœur, à toi seul tout mon être :
Il faut qu'en me voyant on puisse reconnaître
Que j'appartiens à Dieu, que lui seul est mon roi.

5

Jésus, ô mon Dien, seigneur plein de clémence,
A ton banquet sacré, je veux souvent venir,
Pour m'y nourrir de foi, d'amour et d'espérance,
Pour y puiser le zèle et la persévérance,
Pour être tout à toi, jusqu'au dernier soupir !

Recours à Marie.

1

O toi, la douce Providence
De la candeur, de l'innocence:
Je me confie. en ce saint jour,
A ta puissance, à ton amour.

CHŒUR.

O Mère pleine de tendresse,
Sois mon secours dans ma détresse :
Satan menace tous mes jours
Ah ! c'est à toi que j'ai recours.

2

Que deviendrai-je sur la terre,
Si tu ne viens, ô bonne Mère,
A ton enfant donner la main,
Et lui montrer le droit chemin ?

3

Dans ce bas monde, tout est piège;
C'est le désir qui nous assiège;
C'est le démon qui nous poursuit
La vanité qui nous séduit.

4

Du bien l'on parle dans les temples ;
Mais au dehors, mauvais exemples,
Mauvais écrits, mauvais discours,
Mauvais conseils partout, toujours.

5

L'orgueil triomple, et le scandale,
Levant le front, partout s'étale ;
Le mal sans frein règne en tout lieu
L'on a jeté l'insulte à Dieu !

6

Les hommes veulent la fortune,
Et la vertu les importune :
Argent, plaisir, envie, honneur :
C'est là pour eux qu'est la grandeur

7

Marie, ô Mère aimable et tendre
Du haut du ciel daigne m'entendre :
Je n'ai d'espoir que dans ton cœur;
De toi j'attends tout mon bonheur !

8

Tu sais quelle est mon impuissance;
Ah ! prête-moi ton assistance !
Autour de moi, tout est danger ;
Toi seule peux me protéger.

9

Mon Dieu veut que je persévère ;
De sa bonté, par toi, j'espère
La grâce forte et le secours,
Qui me rendront vainqueur toujours !

La Mère d'espérance (pendant une missson).

Air de l'Immaculée.

CHŒUR.

O Mère d'espérance,
Marie au nom si doux,
Soyez notre assistance,
Et convertissez-nous !

1

Je suis votre espérance :
Aux jours de la souffrance,
Ayez recours à moi !
Je vous promets sans cesse
L'appui de ma tendresse
Qu'appelle votre foi.

2

Je suis votre espérance :
Aux hommes Dieu dispense
Tous les trésors par moi ;
Oui, que votre âme espère !
Mon Fils est votre frère;
Mon Fils est votre roi !

3

Je suis votre espérance :
Ayez tous confiance
En mon cœur maternel !
Mon Fils est votre juge,
Et moi, le doux refuge
Que vous avez au ciel.

4

Ja suis votre espérance :
Mais faites pénitence
De vos égarements,
La voie est difficile :
Je la rendrai facile
A vos pas chancelants.

5

Je suis votre espérance :
Mais, par la vigilance,
Gardez vos sens, vos cœurs :
Joignez-y la prière
Qui donne, sur la terre,
La grâce et mes faveurs.

6

Je suis votre espérance :
Et votre providence,
O mes vrais serviteurs !
Mais vous, brûlez de zèle ;
Avec un soin fidèle,
Priez pour les pécheurs.

7

Je suis votre espérance ;
Je veux, dans ma clémence,
Toujours vous protéger.
Que nul jamais n'oublie
Qu'il faut que l'on me prie,
A l'heure du danger.

8

Je suis votre espérance ;
Je veux sauver la France,
L'Eglise de mon Fils ;
Je veux bénir la terre,
Montrer que je suis mère,
O mes enfants chéris !

Assomption.

CHŒUR.

Cieux, ouvrez-vous, tressaillez, ô saints anges !
Des brûlants séraphins, résonnez, harpes d'or !
Terre, applaudis, et redis ses louanges :
Vers son Fils triomphante, elle a pris son essor.

1

De Marie,
Si chérie,
Qu'on publie,
La grandeur !
O Victoire
Quelle gloire
L'environne de sa splendeur.
Après la douleur,
L'éternel bonheur !
Bénissons, chrétiens, sa mémoire
Dans les saints parvis,
Tous les saints ravis,
La contemplent près de son Fils!

2

Sur la terre,
Votre Mère,
A su faire
Tout pour nous !
Sa carrière
Tout entière

Fut un acte d'amour pour tous
Et le Dieu si doux
Qui mourut pour nous
La couronne de sa lumière ;
Et par ses vertus,
Pour son Fils Jésus,
Elle est une gloire de plus.

Assomption.

CHŒUR.

Montez. en ce jour de victoire,
Les cieux, devant vous sont ouverts ;
Régnez, dans le sein de la gloire,
Au bruit des célestes concerts.
Au ciel, les Elus et les Anges
Voulaient contempler vos attraits.
Chrétiens, en chœur, célébrons ses louanges
Chantons Marie : elle règne à jamais :
Chantons en chœur, célébrons ses louanges ;
Chantons Marie, elle règne à jamais !
Marie au ciel, règne à jamais !

1

Sur vos enfants, Mère chérie
Du haut des cieux,
Jetez les yeux ;
Donnez à notre âme flétrie
Vos doux bienfaits.
La sainte paix.

2

Daignez toujours sécher nos
Nous protéger,   [larmes
Dans le danger,
Calmer nos cruelles alarmes
Guider nos pas
Jusqu'au trépas.

Pèlerinage à Notre-Dame de Nièvre

A VAUX (Ain).

CHŒUR.

Allons, chrétiens, allons à notre Mère,
La Vierge au cœur si pur, si généreux ;
Ce cœur sacré fut toujours, sur la terre,
L'asile sûr de tous les malheureux.
Chantons Marie ! en son doux sanctuaire,
Offrons-lui tous notre amour et nos vœux !

1

Je vous salue, ô Vierge immaculée !
Je vous salue, écrin du Roi des cieux !
Je vous salue, ô montagne, ô vallée,
O sanctuaire aimé des cœurs pieux !

2

Je vous salue, ô Mère bien-aimée,
Qu'en vain jamais on ne prie en ces lieux !
Je vous salue, ô vous, rose embaumée,
Fleur au parfum pur et délicieux.

3

Béni le jour, où, pleins de foi, nos pères,
Obéissant aux douces voix du ciel.
Vinrent, mêlant leurs concerts, leurs prières,
Vous ériger ici cet humble autel !

4

Ils sont venus, conduits par l'espérance ;
Vous les avez comblés de vos bienfaits ;
Ici les cœurs, que brisait la souffrance,
Ont retrouvé le vrai bonheur, la paix.

5

Et l'on a vu, des villes, des campagnes,
Les pèlerins vous apporter leur vœux ;
Et les échos des vallons, des montagnes,
Ont répété leurs cris, leurs chants joyeux.

6

Du haut de Nièvre, ô Vierge, ô Notre-Dame !
Protégez-nous, priez pour nous pécheurs !
Avec Jésus, régnez seule en notre âme !
Attirez-nous au ciel, Aimant des cœurs !

Visite à Notre-Dame de Nièvre.

CHŒUR.

Salut, colline,
Où Dieu s'incline,
Et m'illumine
De tous ses feux !
O sanctuaire,
Où je vénère
Ma sainte Mère,
Et suis heureux !

1

Trône de grâce,
Nièvre surpasse,
Pour moi remplace
Richesse, honneur :
Quand on y prie,
L'âme attendrie,
De la patrie
Sent le bonheur.

2

Ici ma Mère,
En qui j'espère,
De Dieu mon Père,
M'obtient faveur ;
Et sous l'empire
De son sourire,
Je ne désire
Que mon Sauveur.

3

Dans la détresse,
Quand je m'adresse
A sa tendresse,
Avec ardeur,

Elle s'abaisse
Vers ma faiblesse,
Et bientôt cesse
Toute douleur.

4

O grande Reine !
Tout, joie et peine,
Vers toi ramène
Ton serviteur !
Ah ! sur la terre,
Je veux te plaire,
T'aimer ma Mère,,
De tout mon cœur.

5

Sainte patronne,
Toujours si bonne,
Je m'abandonne
A ta douceur :
Je te confie
Toute ma vie ;
Mère chérie,
Rends-moi meilleur !

6

O Notre-Dame !
Garde à mon âme
La sainte flamme
De la ferveur ;
Du mal efface
En moi la trace ;
Et que la grâce
Règne en mon cœur.

7

Fais que je vive
D'une foi vive,
Et que je suive
Mon doux Sauveur ;

Qu'après la vie,
J'aie, ô Marie !
Dans la patrie,
Le vrai bonheur !

L'Immaculée.

CHŒUR.

Notre âme s'abandonne
A votre amour pour nous !
O Mère douce et bonne !
Sauvez, sauvez nous tous !

1

Je suis l'Immaculée,
Que l'âme désolée
Appelle à son secours ;
Je suis la bonne Mère :
Au cri de la prière,
Mon cœur répond toujours.

2

Le fils de Dieu, sur terre,
Me choisissant pour mère.
De grâce me remplit,
Voulant, dans sa clémence,
Que ma surabondance
Un jour vous enrichit.

3

Mon Fils, sur le Calvaire,
Vous a donné sa mère ;
Oui, l'homme est mon enfant !
Soyez pleins d'allégresse :
Sans borne est ma tendresse,
Et mon pouvoir est grand !

4

Voyez quels témoignages
Me rendent tous les âges,
Emus de ma bonté !
Oh ! non, de ma clémence,
De mon amour immense,
Nul siècle n'a douté !

5

L'Eglise, en ma puissance,
A toute confiance,
A l'heure du danger ;
L'enfer, avec le monde,
En vain, contre elle gronde
Je sais la protéger.

6

Quand l'homme, sur la terre.
En sa tristesse amère,
M'a-t-il priée en vain ?
Enfants, dès qu'on appelle,
Je viens, j'accours fidèle ;
A tous, je tends la main.

7

Celui qui me confie
Son corps, son cœur, sa vie,
Est sûr de bien mourir :
S'il tombe, il se relève ;
Sa course en paix s'achève,
Il ne saurait périr.

8

O vous, dont la faiblesse
Provoque ma tendresse
Gardez, gardez ma loi !
Je suis un doux refuge,
Auprès de votre juge :
Venez, venez à moi !

9

Je suis la belle Etoile,
Qui doit dorer le voile
De vos plus sombres nuits :
Je suis le pur dictame,
Qui peut calmer votre âme,
Dans ses plus noirs ennuis.

10

Venez ! je vous appelle
Sous ma loi maternelle
Qui vous consacre à Dieu.
Croyez à ma parole
Qui charme et qui console
Toujours, comme en tout lieu.

11

Venez ! bientôt vos âmes,
Brûlant des saintes flammes
Dont brûlent les élus,
Sans crainte et sans alarmes,
Pourront goûter les charmes
De toutes les vertus.

12

Venez à votre Mère,
Et vous irez au Père,
Que vous avez aux cieux,
Ce Dieu. qu', par sa grâce,
Prépare votre place,
Parmi les bienheureux.

Grandeurs et bontés de Marie.

1

Soli.

Reine au ciel bénie,
Mère du Sauveur,
O Vierge, ô Marie,
Quelle est ta grandeur !
Tous les chœurs des chanteuses

Ton front étincelle
Des splendeurs de Dieu ;
Ta gloire immortelle
Eclate en tout lieu.

CHŒUR A VOLONTÉ.

Tutti
sur l'air répété de 4 derniers
vers de la strophe.

Puissante patronne,
Que ta douce main
Nous guide et couronne
Au séjour divin !

2

Le Trés-Haut lui-même
A béni ta foi ;
Il contemple, il aime
Son chef-d'œuvre en toi ;
Tous les cieux admirent
Tes divins attraits ;
Les mortels soupirent
Après tes bienfaits !

3

N'es-tu pas, Marie,
Un abri pour nous,
Le pardon, la vie,
Le salut pour tous ?
Ta douceur captive
Les plus grands pécheurs ;
Ta tendresse active
Charme tous les cœurs.

4

N'es-tu pas, Marie,
L'arche d'Israël,
Et l'enfant choisie
Du Père éternel ?
Ta candeur parfaite,
Ta virginité
A nos yeux reflète
Sa divinité.

5

N'es-tu pas la Mère
Du Seigneur Jésus,
Victime au calvaire,
Trésor des élus ?
Sur la croix sanglante,
Où meurt notre Roi,
Sa voix défaillante
Nous confie à toi.

6

N'es-tu pas l'Epouse
De l'Esprit divin ?
Sa vertu jalouse
Repose en ton sein :
Sa munificence
Te remet ses dons ;
Et de ta clémence
Nous les recevons.

7

Vierge, tu fus mère
De ton Créateur ;
En ton Fils, la terre
Voit son Rédempteur :

Avant toi le monde,
Corrompu, mourait ;
Le bien surabonde,
Où le mal régnait.

8

Les neuf chœurs des anges,
Dans l'heureux séjour,
Joignent leurs louanges,
A nos chants d'amour ;
Seule immaculée,
Tu ravis le ciel ;
L'âme est consolée,
Près de ton autel.

9

Grande et sainte Reine,
N'est-ce pas ta main
Que garde ou ramène
Dans le droit chemin ?
La miséricorde
Du divin Sauveur,
A ta voix, accorde
La grâce au pécheur.

10

A ton cœur, Marie,
Nous avons recours ;
Sous ta loi chérie,
Garde nous toujours.
Donne nous, ô Mère !
De rester pieux,
De t'aimer sur terre,
De te voir aux cieux.

L'Enfant de Marie.

CHŒUR.

O Mère si tendre et si belle !
Regarde et bénis ton enfant :
Toujours je veux être fidèle :
J'en fais de nouveau le serment !

1

O Mère aimable,
Mère admirable,
Je suis à toi !
Sous ta bannière,
Ma vie entière,
Oh ! garde-moi !

2

Vierge appelée
Immaculée,
Tu le sais bien :
Dès mon enfance,
Oui, ta puissance
Fut mon soutien.

3

Ah ! daigne encore,
Quand je t'implore,
Me secourir :
Je te confie,
Mère chérie,
Mon avenir.

4

Je t'en supplie ;
Toujours, Marie,
Comme aujourd'hui,
Sois ma défense,
Ma providence,
Mon sûr appui,

5

En vain, le monde
S'agite et gronde,
Autour de moi ;
Je suis sans crainte,
O Vierge sainte,
Auprès de toi !

6

Mais. ô Marie !
Si je t'oublie
Un seul instant,
A toi rappelle,
Et rends fidèle
Ton pauvre enfant !

7

A ceux que j'aime,
Comme à moi-même
Ouvre ton cœur !
A tous, sur terre,
Donne, ô ma Mère
Le vrai bonheur.

8

Qu'enfin, Marie,
Oh ! je t'en prie,
Comblant mes vœux,
Ta main propice
Nous réunisse,
Un jour, aux cieux !

Prière à Marie.

1

Sainte Marie,
Mère chérie,
Du haut des cieux,
Entends nos vœux.
J'ai confiance
En ta puissance,
Sois mon secours,
Toujours, toujours.

2

Toi que j'implore,
Et dont j'honore
Le cœur si pur,
Asile sûr,
Où vit heureuse
L'âme pieuse,
Sois mon secours
Toujours, toujours.

3

Toi qu'environne
Une couronne
De pureté
Et de bonté,
Sur cette terre,
En toi j'espère ;
Sois mon secours
Toujours, toujours.

4

Douce Patronne,
Je m'abandonne
A ton appui :
Ah ! dans l'ennui,

C'est ta parole
Qui me console ;
Sois mon secours
Toujours, toujours.

5

En ce bas monde
Le vice abonde,
Et jour et nuit,
Il nous poursuit.
Ah ! Vierge pure,
Je t'en conjure
Sois mon secours
Toujours, toujours,

6

Que rien, ô Mère !
En moi n'altère
La paix du cœur,
Ce bien meilleur
Que la science
Et l'opulence ;
Sois mon secours
Toujours, toujours.

7

Vierge appelée
Immaculée,
Conserve en moi
L'amour, la foi,
Et l'espérance,
Et l'innocence,
Sois mon secours
Toujours, toujours.

8

Je te réclame,
Sauve mon ame
De tout péril
En cet exil.

A toi, Marie,
Je me confie;
Sois mon secours
Toujours, toujours.

Chemin de la Croix pour Mission.

1

Peuple chrétien, longtemps rebelle
Entends la voix de ton Sauveur !
C'est la voix d'un Dieu qui t'appelle
Par la blessure de son cœur !

2

O Saint des Saints, victime et juge
Qui nous attends au dernier jour,
Vois mes pleurs et sois mon refuge !
Je n'ai d'espoir qu'en ton amour.

3

Ta croix est lourde et je l'aggrave !...
Je la mérite !... elle est pour toi !...
De ta croix, rends-moi l'humble esclave
Car te servir, c'est être roi !...

4

Tu défaillis, sainte Victime !...
Ah ! nous étions tombés si bas
Qn'il te faut sonder notre abîme
Pour nous saisir entre tes bras !...

5

Mon Dieu ! j'ai fait pleurer ta Mère
Je fus pour elle un mauvais fils...
En son nom, pardonne à ton frère
Et que son cœur nous garde unis !...

6

Sur le Calvaire où tu te traînes
Je t'ai laissé porter la croix !...
Fils ingrat, de tes longues peines
J'ai refusé le noble poids !...

7

O doux Jésus, la fange impure
A dégradé mon front de roi !
Reproduis en moi ta figure
Et dans mon cœur imprime-toi !...

8

Etre pervers autant que lâche
Je tombe hélas ! à tous les pas !...
O Seigneur ! tends-moi sans relâche
La main qui sauve les ingrats !

8

O pleurs bénis, ô douces larmes
Tombez aux pieds du Dieu jaloux !
Il se rend toujours à vos charmes !...
Pécheurs, Jésus pleure avec vous !...

10

Par la suprême défaillance
Dont tu sortis victorieux
O Jésus, de l'impénitence
Gardes nos cœurs, rends-nous les cieux !

11

Vois cette chair nue et meurtrie ;
Tombe aux genoux d'un Dieu souffrant !
Voluptés, vous l'aviez salie !
Il la retrempe dans son sang !

12

D'un Dieu mourant qui te réclame
Entendras-tu le dernier cri?...
Il a soif... et c'est de ton âme !...
Et c'est ta main qui l'a meurtri !

13

Le voilà mort !... et j'ose vivre
Moi, le bourreau de l'Innocent !
Mon amour ! puissé-je te suivre
Et dans mes pleurs laver ton sang !...

14

Reçois ton fils, divine Mère
Et sois propice à nos accents !
Ton foyer, c'est la terre entière
Tous les élus, sont tes enfants !,..

15

Dans le tombeau d'une âme pure
Qui meurt au monde et vit pour toi
O Jésus, fais ta sépulture
Et pour le ciel réveille-moi !

L'abbé MILLE, d'Aix.

Pour la consécration
à la Très - Sainte - Vierge.

CHOEUR.

Marie, ô Reine immortelle,
Répandez vos bienfaits sur nous ;
Pour être à jamais fidèle
Amberieu se consacre à vous.

1

Sauvez-nous dans les tempêtes,
Armez-nous pour les combats,
Le ciel brille sur nos têtes,
Vers le ciel guidez nos pas.

2

Conjurez les noirs orages
De l'esprit comme du cœur;
Ecarter tous les naufrages
Des vertus et de l'honneur.

3

La famille, douce Mère,
A besoin d'un prompt secours,
Le désordre et la misère
La menace tous les jours.

4

Ramenez le cœur des pères
Au devoir religieux;
Accordez au cœur des mères
Des enfants toujours pieux.

5

Chaque jour que la prière
Monte au ciel comme l'encens,
Qu'à nos vœux Dieu notre Père
Reconnaisse ses enfants.

6

Loin de nous l'affreux blasphème
Cette langue des démons;
Que le sceau du saint baptême
Brille pur sur tous les fronts.

7

Faites-nous du saint dimanche
Observer la grande loi;
Et gardez intègre et franche
La doctrine de la foi.

8

Eloignez de nos campagnes
Les fléaux dévastateurs;
Ecarter de nos montagnes
Les insectes ravageurs.

9

Fécondez nos belles plaines
Nos vignobles, nos moissons,
Et veillez sur nos domaines
Nos trésors et nos maisons.

10

Délivrez du purgatoire
Nos amis et nos parents,
Ils soupirent vers la gloire,
Exaucez leurs vœux ardents.

Avant la Communion.

1

Oh ! qué beù jour pei moun amo ravido
Qué jour d'amour, de bounur et d'espouar,
Auraï la vido
Dédin moun couar,
Jesu moun Dieù voueli jusqu'à la mouar
Mé souveni d'aquel'houro benido.

2

Sieù lou néant, lou pecca, la miseri,
Sias l'éternel, lou justé, l'infini,
Per qué mystèri
Voulès veni,
Faïré din ieou vosté séjour béni,
Et per moun couar doù ciel quitta l'emperi ?

3

Sias ben lou Dieù qué préféro la paiho
A la beouta d'un troné glourious,
Suivès la draio
de vostou crous,
Et vost'amour a pas fini soun cous
Car vosté sang per nautré toujou raïo !..

4

Dins un moumen nosta amo tréfoulido
Va faïré qu'un d'un om' amé d'un Dieou,
Unien bénido
Sarai plus ieù.
Per vous Seignour, prendrés tout cé qu'es mieu
Et devendrès ma pensado et ma vido !...

5

Per tan d'amour, qué dounaraï, pécaïré,
Ieou qué n'aï ren qué moun couar peccadou !
O Dieù moun païré
Sara per vous !
En lou dounan, Jesu vou douni tout
Car se l'ies pas, l'ia rén que poù vou plaïré ?

Après la Communion.

1

Qué pourrieù maï désira
O Jesu ben aima ?
As vougu veni dins ieù
O Rei de glori
Et quand méme siguès Dieù
Te siès fa mieù !...

2

Sieù devengu toun aùta,
  O Dieù de santéta !
Noun jamaï plu ren d'human
  Prendra ta plaço,
Per tu, moun couar, ô Dieù puissan
  Es pas trop grand !

3

O soulas et volupta
Sias ren que vanita !...
Per ieù lou moude endigen
  A plu de joio !..
Ai lou mestré de tout ben !
  Voli plus ren !

4

Ren pourra nous désuni,
Ni doulour, ni plèsi.
Ah ! perché siès vengu
  Dedin moun âmo
Moun amour, t'en vaguès plus !
  Ai plus que tu !

5

Et piei, quand me sounaras
Voularai din ti bras !
Fasian qu'un per n'ost'amour
  Dessu la terro !
Faren qu'un din la douçour
  De toun séjour !...

Marie au 1er Communiant.

CHŒUR.

Bonheur sacré de l'innocence,
    Ne t'enfuis pas !
Reste en nos cœurs depuis l'enfance }bis.
    Jusqu'au trépas !

1

Comprends-tu bien, enfant que j'aime
    Tout bon bonheur ?
En ce beau jour, ton Dieu lui-même
    Est dans ton cœur :
Il y veut faire sa demeure
    Pour te bénir ;
Sache en tout lieu, comme à toute heure
    T'en souvenir !

2

Enfant, je veux que ta jeune âme,
    Si pure encor,
Garde toujours sa vive flamme
    Comme un trésor.
Je veux, au cours de ces années,
    Qui te viendront,
Ne voir jamais les fleurs fanées,
    Sur ton beau front.

3

Ah ! crains les pièges de ce monde :
    Sous ses dehors
Tout est dégoût, douleur profonde,
    Honte et remords.
La terre n'a que de la fange,
    Dans ses sentiers,
Comment poser tes beaux pieds d'ange,
    Dans ses bourbiers ?

4

Et cependant ce monde attire,
Un jeune cœur,
En promettant, sous son empire,
Plus de bonheur ;
Mais son bonheur n'est qu'un mensonge,
Ombre qui fuit,
Et s'évapore comme un songe,
Pendant la nuit.

5

C'est un devoir pour tout fidèle,
En ce bas lieu,
De conserver son âme belle
Aux yeux de Dieu ;
Ah ! sois toujours semblable à l'ange
Garde toi pur,
Comme le ciel dont rien ne change,
Le tendre azur.

6

Rappelle-toi que moi, ta Mère,
Je te soutiens,
Et que j'assure à la prière
Tous les vrais biens :
Reste pour moi l'enfant qui prie.
L'enfant soumis ;
Je te promets, après la vie,
Le paradis.

TABLE DES MATIÈRES